Russian Hostage 1

Nach Russland verschleppt

Olga Pizda

© 2019
like-erotica
Legesweg 10
63762 Großostheim
www.like-erotica.de
info@like-erotica.de

like-erotica ist ein Imprint des likeletters Verlages.

Autorin: Olga Pizda
Cover: © Bigstockphotos.com / Yurolaitsalbert

ISBN: 9783960568865

Inhaltsverzeichnis

Entführt

«Lena, du musst los! Beeil dich!», ruft Lenas Mutter ihr entgegen, um sie daran zu erinnern, dass sie pünktlich zu ihrem Nebenjob kommt.
«Ja, ich muss mich nur noch schnell umziehen!», ruft Lena die Treppe runter.
Sie ist bis vor zwei Stunden noch in der Uni gewesen und ihr Seminar war so einschläfernd, dass sie vor ihrem Job als Kellnerin in einem kleinen Restaurant an der Ecke, noch ein kurzes Nickerchen gemacht hat. Die unzähligen Wecker hat sie überhört, so dass sie jetzt spät dran ist.
Schnell steht sie auf und wühlt in ihrem Kleiderschrank nach passender Kleidung. Sie benötigt eine schwarze Bluse und eine schwarze Hose oder einen schwarzen Rock.
«Mama! Wo ist mein schwarzer Rock?», schreit sie durch ihr Zimmer und wartet auf eine Antwort.

Aber ihre Mutter reagiert nicht. Sie zerrt daher eine schwarze Jeans aus ihrem Schrank, schlüpft rein und zieht sich ihr rotes T-Shirt, was sie in der Uni getragen hat, wieder aus, um die schwarze Bluse anzuziehen.
Sie betrachtet sich im Spiegel und sieht, dass ihre langen, braunen Haare total zerzaust sind. Schnell bürstet sie sich ihre Haare durch und bemerkt, dass sich ihre Wellen so nicht bändigen lassen, weswegen sie beschließt, ihre Haare zu einem hohen Dutt zu binden. Sie wischt sich den Schlaf aus ihren grünen Augen, läuft in ihr Bad und spritzt sich etwas Wasser in ihr Gesicht, bevor sie schnell zu einer Mascara greift, um ihre langen Wimpern zu betonen.
Anschließend trägt sie etwas transparenten Lipgloss auf ihre vollen Lippen auf und verlässt das Bad wieder.
«Hast du meine schwarzen Schuhe gesehen?», will sie von ihrer Mutter wissen, die seelenruhig in der Küche sitzt und in einer Zeitschrift liest.

«Wahrscheinlich in der Kammer»,
antwortet sie und deutet auf die Tür
neben der Garderobe.
Hastig öffnet Lena die weiße Tür und
findet sich in dem kleinen
unordentlichen Zimmer wieder. Hier
bewahrt die Familie alles auf, was
woanders keinen Platz mehr hat.
Neben der Waschmaschine steht der
Trockner, daneben stapeln sich Tüten
mit Pfandflaschen und in der anderen
Ecke befinden sich mehrere Regale, die
mit Schuhen vollgestopft sind.
Verzweifelt sucht Lena nach ihren
flachen Lederschuhen zum Schnüren
und findet sie endlich ganz oben auf
dem Regal.
Das letzte Mal, dass sie kellnern
gewesen ist, liegt schon mehrere
Monate zurück, weswegen die Schuhe
nicht in Gebrauch gewesen sind.
Nachdem sie ihr Abitur im Juni
bestanden hat, ist sie mit dem
gesparten Geld, was sie neben der
Schule beim Kellnern verdient hat, mit
ein paar Freunden in eine einsame
Hütte in den Bergen gefahren.

Dort haben sie sich von den stressigen Prüfungen erholt und immer mal wieder auf einem Bauernhof ausgeholfen, bis im Oktober dann die Uni losgegangen ist. Und nun, nachdem sie sich an ihr neues Leben als Studentin gewöhnt hat, will sie erneut Kellnern gehen, um schon bald von Zuhause ausziehen zu können, um eine WG mit anderen Kommilitonen zu gründen.

Sie schaut auf ihre Armbanduhr und stellt erschrocken fest, dass ihre Schicht in fünf Minuten beginnt. Schnell stopft sie ihren Schlüssel in ihre Hosentasche und läuft los. Etwas außer Atem kommt sie in dem kleinen Restaurant an.

Es liegt mitten in einem Wohngebiet und ist von großen Stadtvillen umgeben. Draußen sind die großen Schirme bereits aufgespannt und die kleinen Holztische mit den gemütlichen Stühlen stehen alle an Ort und Stelle. Sie öffnet die schwere, dunkle Holztür und schaut sich in dem dunklen Restaurant um. Alles ist in Dunkelbraun und Weinrot gehalten. So sticht einem die goldene Bar direkt ins Auge, die sehr großzügig beleuchtet wird.

Es ist 17 Uhr, weswegen gerade nur sehr wenig los ist. Die Mittagsgäste sind bereits vor einiger Zeit verschwunden und so langsam treffen die Büromenschen, die sich nur schnell einen Kaffee oder ein Bier gönnen wollen, bevor sie nach Hause fahren oder zu anderen Terminen, hier ein. Das Restaurant ist etwas gehobener und wird fast ausschließlich von Stammgästen aus der Nachbarschaft besucht. Nur hin und wieder verirren sich Touristen oder Ortsfremde hier her. Auch heute sitzen ein paar Stammgäste an ihren Tischen und machen große Augen, als Lena das Restaurant betritt.

«Hey Lena! Dich haben wir ja schon lange nicht mehr gesehen! Wie geht's dir? Was macht das Studium? Und für was hast du dich letzten Endes entschieden?», fragt ein älteres Ehepaar, als sie hinter die Theke huscht, um sich ihre Schürze anzulegen.

«Alles super. Ich studiere jetzt Grundschullehramt. Aber ich will bald ausziehen und dafür muss ich wohl wieder arbeiten gehen. Sie werden mich also demnächst öfters sehen», sagt sie mit einem Grinsen.

«Ah, da freuen wir uns», sagt die Frau und nimmt zufrieden einen Schluck von ihrem Milchcafé.

Lena ist durch ihr freundliches und natürliches Auftreten sehr beliebt bei den Stammgästen. Sie hat immer ein paar nette Worte für das doch eher etwas konservative Publikum über und sie mögen es, dass Lena so unaufgeregt und unschuldig wirkt.

«Hey Mariella!», begrüßt Lena ihre kleine, rundliche Chefin, die genau so froh wie der Rest der Belegschaft ist, dass Lena wieder bei ihr arbeitet.

«Hallo Lena! Wir haben dich vermisst!», sagt sie. «Du arbeitest heute mit Marie. Sie müsste auch gleich kommen.»

In dem Augenblick sieht Lena, dass zwei neue Gäste reinkommen und macht sich sofort an die Arbeit.

Der Abend ist recht ruhig, sie hat nicht viel zu tun, muss sich aber immer wieder den Fragen der Stammgästen stellen, die wissen wollen, warum sie in den letzten Monaten nicht da gewesen ist.

Gegen 22.30 Uhr schließt die Küche, und die letzten Gäste verlassen so langsam das Restaurant und auch Lena darf Feierabend machen.

«Die Gäste waren heute wirklich sehr großzügig», sagt Mariella.

Sie übergibt Lena ihren Lohn für den heutigen Tag mit viel Trinkgeld.

Tatsächlich ist es sogar noch mehr gewesen, weil ihr immer wieder heimlich Geld zugesteckt wurde, da die Gäste wissen, dass sie das Trinkgeld mit dem restlichen Personal teilen muss.

«Für deine eigene Wohnung», hat Frau Müller gesagt, während sie Lena im Rausgehen noch einen Schein zugesteckt hat.

Und das ist im Laufe des Abends noch häufiger vorgekommen.

Zufrieden legt sie ihre Schürze ab und macht sich auf den Heimweg. Schon in wenigen Stunden kommt sie erneut her, weil sie die Frühschicht übernommen hat, um abends noch in die Uni gehen zu können.

Todmüde fällt sie ins Bett, schläft sofort ein und wacht erst auf, als ihr Wecker klingelt.

Sie ist eine der ersten und hilft dabei alles aufzubauen und auch ein paar Stühle nach draußen zu stellen, für die Raucher, die nur schnell eine Pause mit einem Kaffee und Zigarette machen wollen.

Die Uhr zeigt 12 Uhr und die ersten Gäste treffen langsam ein, um ein Gericht von der Mittagskarte zu bestellen. Es ist eher ruhig, weswegen Lena jeden Gast im Auge hat. Dabei fallen ihr auch zwei Männer um die 30 auf.

Sie wirken so, als ob sie sich verlaufen hätten, weil sie absolut nicht in dieses eher gehobene Viertel passen, in dem zum Großteil nur kinderlose Paare wohnen, die sich mit ihren guten Jobs die hohen Mieten leisten können oder alteingesessene Familien, dessen Villen schon lange im Familienbesitz sind. Auf jüngere Leute trifft man hier eher selten. Vor allem nicht um die Mittagszeit, weil keine Unternehmen in der Nähe sitzen.

«Hallo, kann ich Ihnen schon etwas zu trinken bringen oder wollen Sie erst in die Karte schauen?», fragt Lena die Beiden freundlich, während sie zwei Karten auf den Tisch legt.

«Ich hätte gerne ein großes Wasser und einen Espresso», sagt einer der Beiden. Lena mustert ihn eindringlich. Er ist groß und breit gebaut. Sein Gesicht strahlt etwas Gefährliches aus, obwohl er nicht böse guckt, sondern sie sogar anlächelt, als er seine Bestellung aufgibt.

Er hat kurze, braune Haare, blaue Augen, einen dunklen 3-Tage-Bart und buschige Augenbrauen. Er wäre sogar ganz attraktiv, wenn er ihr nicht solche Angst machen würde. Lena hat noch nie verstanden, wieso ihre Freundinnen so für Bad Boys schwärmen. Sie konnte denen noch nie etwas abgewinnen und interessiert sich eher für die netten Kerle, die Gitarre und mit ihrem großen Hund spielen.

Sie schaut weiter an ihm herunter und sieht, dass er ein dunkles Hemd und dazu eine ebenfalls dunkle Hose trägt. Seine dicke Jacke hat er über einen der Stühle gelegt. An seiner Hand befindet

sich eine teuer wirkende Uhr und seine
Füße stecken in auf Hochglanz
polierten Lederschuhen.
«Wollen Sie auch noch etwas essen?»,
fragt sie, während sie die Getränke
aufschreibt.
«Ja, aber da schaue ich noch»,
antwortet er und Lena widmet sich
dem anderen Mann.
Der ist ähnlich gekleidet, wenn auch
die Uhr an seinem Handgelenk fehlt.
Auch er hat kurze braune Haare und
trägt einen 3-Tage-Bart.
Anders als sein Begleiter hat er aber
sanfte, braune Augen und seine
Gesichtszüge sind nicht ganz so hart.
Er versprüht keine so dominante
Ausstrahlung wie der andere.
«Und Sie?», fragt Lena ihn, um seine
Bestellung zu notieren.
«Ein großes Wasser und einen Kaffee
bitte. Mit dem Essen schaue ich
ebenfalls noch», antwortet er und
lächelt sie dabei an.
Lena läuft zurück in die Küche und
stellt das Set aus Olivenöl, Salz und

Pfeffer sowie Besteckkorb zusammen und bringt es an den Tisch.
Die Beiden bestellen ein Gericht von der Mittagskarte und widmen sich dann wieder ihren Gesprächen.
Bevor Lena überlegen kann, was die Beiden ausgerechnet in dieses Restaurant geführt hat, kündigt sich eine größere Gruppe bestehend aus sechs Müttern an, um die sie sich kümmern muss.
Als sie die Bestellungen aufgenommen und sich noch in ein paar Gespräche über ihr Studium verwickeln lassen hat, will sie zur Bar gehen, um die fertigen Getränke zu holen. Sie blickt auf die beiden Männer, die auf sich aufmerksam machen wollen.
«Wir würden gerne zahlen!», sagt der Angsteinflößende und zückt seinen Geldbeutel.
«Ich komm gleich!», antwortet Lena und verteilt die Getränke am großen Tisch, bevor sie sich dann den Bon für den Tisch ausdrucken lässt.
Sie bekommt ein sehr großzügiges Trinkgeld und verabschiedet die

Beiden, bevor sie dann weiter arbeitet.
Noch immer fragt sie sich, wieso sie
ausgerechnet dieses Restaurant besucht
haben.

Irgendwann kommen die üblichen
Stammgäste und Lena ist ständig in
Bewegung. Als sie den letzten Teller
mit einem Mittagsgericht in die Küche
bringt und nur noch Kaffee austragen
muss, schaut sie auf die Uhr und
merkt, dass ihre Schicht bereits vorbei
ist.

«Ich geh dann jetzt in die Uni!», sagt
sie zu ihrer Kollegin, während sie ihre
Schürze abmacht und unter der Theke
verstaut.

Sie ist sogar schon etwas zu spät dran,
weswegen sie schnellen Schrittes
Richtung Bushaltestelle läuft. Plötzlich
wird sie angehalten.

«Entschuldigung!», sagt eine
männliche Stimme und Lena bleibt
stehen.

Die beiden Männer aus dem
Restaurant stehen auf einmal wieder
hinter ihr.

«Ja?», fragt sie erstaunt.

Ob die sich wohl verlaufen haben?
Sie kommen näher, während sie Lena
schweigend angucken und dabei keine
Miene verziehen. Ihr wird auf einmal
ganz unbehaglich und sie hat ein
ungutes Gefühl. Sie überlegt, schnell
wegzulaufen, sieht aber den
entschlossenen Blick des
Angsteinflößenden, der ihre Beine
lähmt.
«Wie kann ich Ihnen helfen?», fragt sie
daher freundlich und sie versucht, sich
ihre Angst nicht anmerken zu lassen.
Wahrscheinlich bildet sie sich das alles
nur ein und sie wollen sie nur nach
dem Weg fragen.
Die beiden Männer stehen jetzt direkt
vor und mustern sie streng.
«Ja, ich bin mir sicher», sagt der
Angsteinflößende zu dem anderen und
nickt dabei.
Plötzlich wird sie am Arm gepackt und
die Tür eines schwarzen Autos öffnet
sich. Ehe sie sich wehren oder schreien
kann, sitzt sie in einem verdunkelten
Auto, die Türen schließen sich und der

Wagen setzt sich in Bewegung.
Erschrocken guckt sie sich um.
Der Mann, den sie zunächst für
freundlich und sympathisch gehalten
hat, sitzt neben ihr. Der andere hat
sich nach vorne neben dem Fahrer
gesetzt, den sie bis dahin noch nicht
gesehen hat.
«Was soll das?», fragt sie verzweifelt.
Sie kann sich überhaupt nicht erklären,
was die beiden Männer von ihr wollen.
«Wer sind Sie?», ruft sie hinterher, als
sie keine Antwort bekommt.
«Sei ruhig. Wir bringen dich jetzt zu
unserem Boss», sagt einer der Männer
und erst jetzt merkt sie, dass hier etwas
nicht mit rechten Dingen abläuft.
Wieso sind die Beiden vorher im
Restaurant gewesen?
Wer ist ihr Boss?
Und wieso will er Lena sehen?
Sie hat doch bisher nichts Schlimmes
in ihrem Leben gemacht, für das sie
bestraft werden könnte.
Und wenn es etwas Gutes ist?, überlegt
sie sich plötzlich.

Aber auch das verwirft sie schon bald wieder. Wieso sollte man sie dann entführen, um sie jemandem bekannt zu machen, der ihr etwas Gutes will?

«Wohin bringt ihr mich?», versucht sie es noch einmal, aber sie erhält wieder keine Antwort.

«Du solltest ihr die Augen verbinden», sagt der Fahrer zu dem Mann auf der Rückbank und Lena versucht sich zu wehren.

Sie will nicht von ihm angefasst werden und will auch nicht akzeptieren, dass sie einfach von wildfremden Männern mitgenommen wird. Sie versucht, die Autotür zu öffnen, aber natürlich ist sie geschlossen. Mit Händen und Füßen versucht sie, den Mann neben ihr k.o. zu treten, aber er ist mindestens zehn Mal so stark wie sie und sie hat keine Chance.

«Stell sie endlich ruhig!», sagt der Angsteinflößende und wirft ihm ein Seil nach hinten.

Er schafft es, Lenas Hände und Füße zu fesseln und ihr anschließend die Augen zu verbinden.
Spätestens jetzt weiß sie, dass sie auf keinen Fall mit etwas Gutem rechnen kann und die Verzweiflung macht sich in ihr breit. Sie fängt an zu weinen und zu schluchzen, aber die Männer schenken ihr keine Beachtung.
Sie legen eine lange Strecke zurück.
Lena hat inzwischen komplett die Orientierung verloren und weiß nicht, wie lange sie schon mit ihnen unterwegs ist, welche Tageszeit es ist und ob sie sich überhaupt noch in Deutschland befinden.
«Steh auf», sagt einer der Männer und zerrt sie aus dem Auto.
Sie spürt den kalten Wind und weiß, dass sie sich auf einer freien Fläche weit außerhalb der Stadt befinden müssen.
Sie spürt eine Hand auf ihrer Schulter, die sie nach vorne drückt. Sie bewegt sich und merkt, dass sich unter ihren Füßen glatter Asphalt befinden muss.
Wo ist sie bloß gelandet?
Ist das eine Straße unter ihr?

Sie wird eine Treppe nach oben
geschoben und langsam steigt sie die
Stufen hoch. Es ist schwierig nicht zu
stolpern, wenn man nichts sehen kann.
Sie wird einen kleinen Gang entlang
geschoben und soll sich anschließend
irgendwohin setzen. Sie spürt, wie ein
Gurt um ihre Hüfte festgezogen wird
und ahnt Schlimmes.
Ist das eben vielleicht eine Rollbahn
und keine Straße gewesen?
Und führten die Treppen nach oben in
ein Flugzeug?
«Wo bringen Sie mich hin?», fragt sie
noch einmal mit zitternder Stimme
und unter Tränen.
Bisher hat sie gehofft, dass man sie zu
jemandem in der gleichen Stadt bringt
und sie am Ende des Tages wieder
nach Hause kommt. Aber wenn sie mit
dem Flugzeug fliegen würde, dann
würde sie wohl nicht so schnell mehr
zurück nach Hause kommen.
Panik steigt in ihr auf und sie versucht
sich aus ihren Fesseln zu befreien. Sie
schreit und zappelt und von weiter weg
kann sie genervtes Murmeln hören.

«Stellt sie endlich ruhig», sagt jemand
und dann hört sie Schritte. Jemand
hält ihren Arm fest, etwas Spitzes
pikst sie und sie spürt, wie ihr Körper
plötzlich schläfrig wird.
Innerhalb weniger Sekunden wird sie
bewusstlos und fällt in einen tiefen
Schlaf.
Das Flugzeug hebt ab und bringt Lena
an einen weit entfernten Ort …

Verwechselt

Als sie wieder zu sich kommt, liegt sie in einem harten Bett. Sie öffnet langsam die Augen und schaut sich um. Die Fesseln an Händen und Füßen sind ab und sie kann sich frei bewegen. Es muss irgendwann mitten am Tag sein, denn Tageslicht fällt durch das kleine Fenster in den spärlichen Raum. Neben dem Bett steht ein Stuhl aus Holz und auf einem kleinen Tisch steht ein Becher mit Wasser und etwas zu essen. Mehr ist hier nicht vorhanden. Der Boden ist mit einem billigen PVC-Belag ausgelegt und irgendwie fühlt sie sich wie in einer dieser Jugendherbergen in die man in der Grundschule hingefahren ist.
Die weißen Wände sind kahl und an manchen Stellen fällt der Putz ab. Allgemein wirkt der Raum sehr verkommen. Sie schaut sich noch einmal das Bett an, was ebenfalls aus

billigem Holz besteht und nur über
eine dünne Matratze verfügt.
Lena versucht sich daran zu erinnern,
wie sie hier her gekommen ist.
Aber sie erinnert sich nicht mehr.
Das letzte, was sie weiß, ist ihr
Zappeln, die Augenbinde, die Fesseln
und eine Spritze. Automatisch fasst sie
sich an die Einstichstelle an ihrem
Arm, die ganz dick und angeschwollen
ist.
Wer hat ihr das bloß angetan?
Sie läuft zum Fenster, was mit dicken
Stahlbalken verschlossen ist und schaut
nach draußen. Aber sie sieht nichts bis
auf grüne Wiesen. Es ist nicht mal eine
Straße vorhanden oder ein
Fußgängerweg.
Sie scheint mitten im Nirgendwo zu
sein.
Dann läuft sie zur Tür und will sie
öffnen, aber natürlich ist sie
abgeschlossen.
Was hat sie auch anderes erwartet?
Plötzlich spürt sie, wie trocken ihr
Hals ist und dass er beim Schlucken
bereits schmerzt, weswegen sie hastig

das Glas Wasser auf dem Tisch
austrinkt. Das Brot mit Wurst lässt sie
allerdings liegen.
Sie hat absolut keinen Hunger.
Anschließend setzt sie sich wieder auf
das Bett und denkt über ihre Situation
nach. Wie konnte das nur passieren?
Gestern hat sie die beiden noch im
Restaurant in ihrer sicheren
Nachbarschaft bedient und jetzt
befindet sie sich wahrscheinlich in
einem weit entfernten Land mitten im
Nirgendwo.
Plötzlich fällt ihr etwas ein und sie
kontrolliert ihre Hosentaschen. Aber
natürlich hat man ihr Handy
abgenommen. Ihre Tasche scheint
auch nicht mehr da zu sein und bis auf
das Essen auf dem Tisch hat man ihr
keine weiteren Sachen ins Zimmer
gestellt.
Wieder kommen ihr die Tränen und
sie fragt sich, wie sie hier nur gelandet
ist.
Während Lena in ihrem kahlen
Zimmer verzweifelt, befinden sich ihre

beiden Entführer in einem prachtvollen Speisesaal im Erdgeschoss. Sie sitzen an einer reichlich gedeckten Tafel mit anderen Männern und schlagen sich die Bäuche mit allen möglichen Leckereien voll. Am Kopf des großen Holztisches sitzt ein zufrieden wirkender Mann, der sein Weinglas erhebt und einen Trinkspruch loslassen will.
«Auf Dimitri und Vitali, die es geschafft haben die Tochter meines Konkurrenten zu entführen», sagt er und auch die restlichen Männer heben ihre Gläser.
«Auf Dimitri und Vitali!», stimmen sie mit ein.
Die beiden Entführer klopfen sich gegenseitig auf die Schultern und beglückwünschen sich zu ihrer Tat, bevor sie dann einen großen Schluck Wein nehmen.
Nachdem alle aufgegessen haben, steht der Mann vom Kopfende auf und ruft Dimitri und Vitali zu sich.

«Bringt mir das Mädchen und kommt dann in mein Büro», sagt er und sofort laufen die Beiden davon.

Sie lassen sich den Schlüssel von einem anderen Mitarbeiter geben und steigen die Treppen nach oben in den zweiten Stock, wo Lena heulend in ihrem kleinen Zimmer sitzt.

Sie hört das Klimpern der Schlüssel und schaut erschrocken zu der Tür, die nun aufgestoßen wird. Sie erkennt die beiden Männer, die jetzt im Raum stehen, sofort wieder und würde sich am liebsten unter dem Bett verstecken, traut sich gleichzeitig aber auch nicht sich zu bewegen.

«Mitkommen!», sagt der mit dem angsteinflößenden Gesicht und wartet darauf, dass Lena endlich vom Bett aufspringt und ihnen folgt.

«Wo bin ich hier?», will sie verzweifelt wissen, aber sie erhält keine Antwort. Stattdessen wird sie am Arm gepackt und man führt sie durch einen großen Flur, der über und über mit Türen übersäht ist.

Lena versucht, so viel wie möglich zu erkennen und kann durch eine halb offene Tür sehen, dass sich auf diesem Gang mehrere Zimmer befinden, die wie ihres sind. Anschließend laufen sie eine Treppe nach unten und während der zweite Stock noch sehr kahl und spärlich gewirkt hat, ist das erste Geschoss das komplette Gegenteil davon. Sie laufen auf einem weichen Teppich, während es oben nur knarzende Dielenboden gibt.
An den Wänden hängen Bilder, die Abstände zwischen den einzelnen Türen ist größer, was auf große Räume vermuten lässt und in den Ecken stehen gepolsterte Möbel mit kleinen Tischen. Es erinnert sie hier nichts mehr an eine Jugendherberge, sondern an ein schönes Hotel.
Sie laufen einen weiteren Gang entlang, bis sie ganz am Ende davon an einer großen Holztür ankommen.
Sie beobachtet wie einer der Beiden klopft und nimmt dann eine tiefe Männerstimme von innen wahr, die «herein!» ruft.

«Hier ist sie, Viktor!», sagt der Mann,
der sie am Arm festhält.
Sie wird reingeschoben und weiß
zunächst gar nicht, wo sie hingucken
soll. Direkt zu ihrer Linken befindet
sich ein riesiges Bücherregal, das
vollgestopft ist mit dicken, alten
Büchern, die in Leder gebunden sind.
Davor steht ein großes, weißes Sofa,
vor dem ein runder Glastisch platziert
wurde. Zu ihrer Rechten befindet sich
ein Regal mit verschiedenen
Kunstwerken darauf und direkt
daneben steht ein gläserner Barwagen
mit allen möglichen Alkoholsorten
und Kristallgläsern.
So ein Büro kennt Lena nur aus
Filmen und meistens sitzen die ganz
hohen Tiere am Schreibtisch, der sich
am Fenster befindet.
«Hallo, du musst Katja sein», sagt der
Mann, der nun von seinem Ledersessel
aufsteht, um den Schreibtisch herum
läuft und vor Lena stehen bleibt.
Er ist groß, sehr groß, bestimmt 1,95m
und Anfang 40. Er hat keine Haare,
aber irgendwie steht ihm das, weil sein

Gesicht dadurch noch männlicher und markanter wirkt. Außerdem bringt das seine stahlblauen Augen noch mehr zur Geltung. Er trägt einen sehr kurzen Bart und wie ihre Entführer einen teuer wirkenden Anzug in einem hellen Grau.

Lena muss sich eingestehen, dass er wirklich attraktiv ist und sie sich irgendwie von ihm angezogen fühlt. Als er direkt vor ihr steht und sie sein teures Parfum riechen kann, fällt ihr aber plötzlich wieder ein, wo sie ist und wird plötzlich nervös.

Und wieso überhaupt Katja?

«Antworte ihm!», reißt einer der Männer sie nun aus ihren Gedanken.

«Nein. Ich bin nicht Katja», antwortet sie und ihre Entführer schauen sie schockiert an.

«Doch. Natürlich bist du das», antwortet der Mann im grauen Anzug gelassen. «Wahrscheinlich bist du auf so eine Situation vorbereitet und wir sollen glauben, dass wir die Falsche haben. Aber mich täuschst du nicht.

Ich erkenne dich wieder», sagt er und holt ein Foto von seinem Tisch hervor. Er zeigt es Lena und sie erkennt darauf ein Mädchen, das tatsächlich genau so aussieht wie sie.

Zumindest wenn Lena blond wäre und roten Lippenstift tragen würde.

«Nein. Das bin ich nicht!», versucht sie es noch einmal. «Sie müssen mich verwechseln. Wo bin ich hier überhaupt?», fragt sie und der Mann guckt sie nur grinsend an.

«Verwechseln … haha! Meine Männer haben sehr lange nach dir Ausschau gehalten, Katja. Und das war wirklich nicht einfach. Die Leute vom Zeugenschutzprogramm sind wirklich gut. Aber nicht gut genug. Wahrscheinlich haben sie sich mehr um deinen Vater gekümmert, weil sie dachten, dass er oberste Priorität hat, aber wir haben immer nur nach dir gesucht. Denn weißt du, damals als dein Vater sich gegen mich gewendet und beschlossen hat, mich an die Regierung und Polizei zu verraten, war das natürlich schon ein harter Schlag.

Ich habe viel verloren, sehr viel und ich habe mir geschworen, dass es ihm auch so gehen wird. Wir haben deine Mutter bereits gefunden, aber scheinbar hing er nicht so sehr an ihr, denn das konnte ihn nicht aus seinem Versteck locken. Aber du … du wirst dafür sorgen, dass er mir mein ganzes Geld zurückholt, wenn er dich behalten will.

Wie wir dich letztendlich gefunden haben, fragst du dich nun? Tja … das Internet ist etwas Schönes und auch diese nervige Selbstdarstellung von den Jugendlichen heutzutage. Wir brauchten nur ein Foto von dir und schon hatten wir dich. Diese Privatsphäreneinstellungen sind nämlich gar nicht so sicher, wie du denkst.

Meine Leute haben 10 Sekunden gebraucht, um deine privaten Fotoalben zu finden und die deiner Freunde. Man bekommt mit einer einfachen Software und einem kleinen Foto so viel über die Person und ihren Aufenthalt raus. Als dich dann jemand in Kellnerschürze an deinem Arbeitsplatz markiert hat, wussten wir, dass wir zuschlagen können. Ich musste nur noch zwei meiner besten Männer schicken, die dich dann zu mir bringen. Dein Vater zahlt mir hoffentlich jede Menge Geld, damit ich dich wieder frei lasse. Achso … und du bist hier in deiner alten Heimat. In Russland. Echt erstaunlich wie man dir deinen Akzent abtrainiert hat, damit keiner merkt, wo du wirklich herkommst», erklärt er ihr, während Lena ihn weiterhin verwirrt anguckt.

Ihr Vater ist Lehrer und hat seit zehn Jahren nicht mehr das Land verlassen. Wie kommt er darauf, dass er untergetaucht sein soll? Und wieso Russland?

«Sie verwechseln mich wirklich. Ich heiße Lena und mein Vater ist Lehrer an einem Gymnasium und macht jedes Jahr Urlaub an der Nordsee. Er verlässt das Land nicht und ist auch nicht untergetaucht», sagt sie nun etwas selbstbewusster.

Wenn das alles nur eine Verwechslung ist, dann sollte sie ja eigentlich schon bald wieder nach Hause dürfen.

«Natürlich bist du bei einer normalen Familie gelandet. Du warst ja auch erst 15, als ihr untertauchen musstet. Ganz schön schlau, dass sie euch getrennt und in verschiedenen Ländern untergebracht haben», sagt er daraufhin nur, aber auch das ergibt keinen Sinn.

«Ich wohne mein ganzes Leben schon in der gleichen Familie, in der gleichen Stadt sogar in dem gleichen Haus!» Langsam kommen auch ihm Zweifel.

«Dimitri, Vitali? Habt ihr sie überprüft?», fragt er die Beiden und sie schauen sich nur unsicher an.

«Ähm…» beginnt Dimitri zu stammeln. «Wir haben nur den Befehl ausgeführt das Mädchen zu holen. Wir haben die Adresse von Ihren Männern bekommen.»

«Bringt sie wieder zurück nach oben. Ich überprüfe das», sagt er schon leicht genervt.

Wenige Minuten später findet sich Lena in ihrem spärlichen Zimmer wieder und setzt sich hoffnungsvoll auf ihr Bett. Wenn das alles nur eine Verwechslung gewesen ist, muss sie ja nichts befürchten. Sie legt sich hin und wartet darauf, dass man ihr Bescheid gibt.

«Ihr habt also nur das alte Foto von Katja genommen, es in eure dämliche Suchmaschine eingefügt und mir dann dieses Mädchen aus Deutschland gebracht?», fragt Viktor in einem strengen Tonfall seine Mitarbeiter.

Die Männer schauen nervös von ihren Computermonitoren auf und wissen nicht, was sie sagen sollen.

«Ja … das Mädchen sieht genau so aus wie Katja. Sie ist im gleichen Alter. Alles hat gepasst», antwortet einer unsicher.

«Alles hat gepasst? Was hat denn sonst noch gepasst außer ihr Alter und ihr Aussehen? Habt ihr nicht mal daran gedacht, dass es Menschen auf der Welt gibt, die sich ähnlichsehen? Es gibt sogar Menschen da draußen, die

genau so arm dran sind wie ihr und
euer Aussehen teilen müssen! Findet
heraus, wer das ist und gebt mir dann
Bescheid!», brüllt er und stürmt dann
zurück in sein Büro.
Er schenkt sich zur Beruhigung einen
Wodka ein und kippt ihn in einem
Zug runter, bevor er dann vor sich
hinmurmelt, von was für Idioten er
umgeben ist.
Wenige Minuten später klopft es an
der Tür und der Mitarbeiter, den er
eben noch angebrüllt hat, kommt
herein.
«Wir haben sie überprüft und sie sagt
die Wahrheit. Ihr Name ist Lena
Kellermann und sie wohnt seit ihrer
Geburt in Hannover. Ihre Mutter ist
Krankenschwester, ihr Vater Lehrer an
einem Gymnasium. Sie hat wirklich
nichts mit Katja zu tun, außer, dass sie
halt so aussieht», sagt er und reicht
ihm die ausgedruckten Unterlagen.
Viktor versucht, tief durchzuatmen
und sich zu beruhigen. Er ist darauf
sowieso vorbereitet gewesen, weswegen

ihn das nicht allzu sehr aus der Bahn wirft.

Trotzdem ist er natürlich sauer.

«Gut. Behaltet die Medien im Auge und sagt mir, was zu ihrem Verschwinden geschrieben wird. Ich lasse mir etwas einfallen!», sagt er und schaut sich ihre Unterlagen noch einmal genauer an.

Darunter sind auch ein paar Bilder, die er eingehend betrachtet. Es sind Bilder dabei, wie sie mit Freundinnen im Bikini am Strand posiert, wie sie sich in ihrem Kleid für den Abi-Ball präsentiert aber auch ganz einfache Schnappschüsse beim Kaffee trinken oder beim Herumalbern mit einem Hund. Sie wirkt überall sehr glücklich und zufrieden und strahlt dabei etwas Unschuldiges und Reines aus, was ihn irgendwie reizt.

Seine letzte Freundin hat er in einem Strip-Club kennen gelernt und seine Ex-Frau ist vor der Hochzeit ein hoch bezahltes Escort gewesen. Ihm haben schon immer mehr die verruchten Frauen gefallen, die sich auffällig kleiden und mit einem Blick den Mann um den Verstand bringen können. Unschuldige Mauerblümchen sind noch nie sein Fall gewesen, aber irgendwas hat Lena an sich, was ihm gefällt.

«Bringt mir das Mädchen noch mal!», ruft er durch das Telefon einem seiner Männer zu und nur wenige Minuten später steht Lena wieder in seinem Büro.

«Also Lena, setz dich doch», sagt er zu ihr und deutet auf das weiße Sofa.

«Möchtest du etwas trinken? Ein Glas Wein vielleicht? Wodka? Saft? Limo?», fragt er, aber sie schüttelt nur den Kopf.

Er sagt ihr bestimmt gleich, dass das alles ein Riesenmissverständnis gewesen ist und sie wieder nach Hause darf.

«Ok. Wie du willst. Wir haben dich überprüft und scheinbar hast du mir die Wahrheit gesagt. Das tut mir wirklich leid, dass es zu dieser Verwechslung gekommen ist. Daher möchte ich mich bei dir entschuldigen.

Warst du schon mal in Russland? Du kannst gerne für ein paar Tage hierbleiben. Das hier war mal ein ehemaliges Hotel, wie du vielleicht schon erkannt hast. Ich habe es vor ein paar Jahren gekauft und dann umgewandelt. Von hier aus leite ich meine Firma und es gibt immer ein paar Schlafplätze für meine Gäste. Du würdest natürlich ein anderes Zimmer beziehen als das, was du jetzt hast», sagt er und grinst sie dabei an.

Lena ist erleichtert, dass sich jetzt doch noch alles aufgeklärt hat. Das Angebot klingt verlockend, aber sie kann unmöglich mitten im Semester für ein paar Tage fehlen.

Außerdem muss sie doch arbeiten!

«Das ist wirklich sehr nett. Aber das kann ich nicht annehmen. Ich muss zurück in die Uni und wieder arbeiten», antwortet sie höflich.

«Aber natürlich entschädigen wir dich für deinen Ausfall, den du durch uns hast. Das ist gar kein Problem und sicherlich können dir ein paar Kommilitonen auch ihre Unterlagen leihen. Ich kann dich nur leider noch nicht zurücklassen. Es gibt ziemlich viel, was wir vorher noch regeln müssen, schließlich wurdest du ja ohne dein Einverständnis einfach von meinen Männern mitgenommen und du siehst bestimmt ein, dass wir dich nicht wieder einfach so zurücklassen können. Tatsächlich ist es so, dass ich dich erstmal gar nicht gehen lassen kann. Jetzt, wo du von Katja weißt. Und die Presse wird sicherlich schnell heraus bekommen, dass das entführte Mädchen aussieht wie die Tochter meines Verräters und wird sicherlich Rückschlüsse ziehen», erklärt er ihr ruhig.

Nachdem sie anfangs noch geduldig zugehört hat, dämmert ihr langsam, wo sie sich hier befindet. Wahrscheinlich ist er Mitglied der russischen Mafia oder einer anderen kriminellen Vereinigung. Natürlich würden sie sie nicht einfach gehen lassen können. Jetzt, wo sie ihr Geheimversteck kennt und ihren eigentlichen Plan.

Wieder macht sich Verzweiflung bei ihr breit.

Noch vor zehn Minuten hat sie gedacht, dass sie wieder zurück nach Hause kommt und plötzlich ist ihre Situation ausweglos geworden. Sie versucht sich zu beruhigen.

«Was meinen Sie denn mit ‚gar nicht gehen lassen können‘? Wie lange wird das denn ungefähr dauern?», fragt sie.

Er schaut sie intensiv an.

«Vielleicht ein paar Jahre, wenn du Glück hast. Wenn sich alles wieder schnell beruhigt und keiner mehr nach dir sucht.»

Ein paar Jahre?

Lena fühlt sich so, als ob sie auf der Anklagebank vor Gericht sitzen würde und der Richter ihr mitteilt, dass sie für ein paar Jahre ins Gefängnis gehen muss.

Dabei ist sie doch unschuldig und hat nichts gemacht!

«Normalerweise hätte ich dich schon von einem meiner Männer umlegen lassen. Das wäre die sicherste Variante für mich. Aber du hast dein ganzes

Leben noch vor dir und ich habe
meiner Mutter auf dem Sterbebett
versprochen, dass ich mich bessern
werde», fügt er beiläufig noch hinzu.
Das tröstet sie jetzt nicht. Im
Gegensatz. Das macht ihr nur noch
mal deutlich, mit was für einem
Menschen und Kriminellen sie es hier
zu tun hat.
Wieder kommen ihr die Tränen und
sie vergräbt ihr Gesicht in ihren
Händen. Viktor steht auf und ruft
nach einem seiner Mitarbeiter.
«Bring sie zurück in ihr Zimmer», sagt
er und steht auf.
Nachdem Lena weg ist, klopft es
erneut an seiner Tür und Dimitri tritt
herein.
«Sollen wir uns um das Mädchen
kümmern, Boss?», fragt er in einem
geschäftsmäßigen Ton.
Viktor hat ihn und seinen Bruder
Vitali vor ein paar Jahren eingestellt
und sie gehören inzwischen zu seinen
besten Männern. Ihm ist schon vor
langer Zeit aufgefallen, dass die beiden,
obwohl sie Brüder sind, total

unterschiedlich sind. Während Dimitri Typ knallharter Türsteher ist, wirkt Vitali viel sanfter, einfühlsamer und vernünftiger. Deswegen schickt er die beiden immer gerne zusammen los, weil sie sich gut ergänzen und gemeinsam immer gute Arbeit vollbringen. Dass die beiden ihm jetzt das falsche Mädchen hergebracht haben, liegt zwar an den Männern, die sie ausfindig machen sollten, aber auch an ihnen, weil sie nicht richtig aufgepasst und beobachtet haben. Viktor überlegt, schüttelt dann aber den Kopf.

«Nein. Mir gefällt sie irgendwie. Ich will sie noch eine Weile hierbehalten. Wir können sie sowieso nicht zurück nach Hause schicken, aber ich glaube, es wäre auch eine Verschwendung, sie einfach loszuwerden. Ich habe etwas anderes mit ihr vor», sagt er und geht noch mal ihre Bilder durch.

Verführt

«Was sagst du zu ihr? Gefällt sie dir auch?», fragt er Dimitri und reicht ihm die Bilder.
Er betrachtet sie und schüttelt nur mit dem Kopf.
«Nein. Viel zu jung und mädchenhaft. Ich bevorzuge richtige Frauen», antwortet er und legt die Bilder zur Seite.
«Ja, ich normalerweise auch. Aber die langweilen mich. Die kommen her, wollen dich sofort verführen und das war es. Ich will mal wieder die Herausforderung spüren. Außerdem träume ich schon lange davon, so ein junges Ding wie sie so richtig zu verderben. Meinst du, das würde mir gelingen?», fragt er.
«Sie können es versuchen, Boss. Aber es wird bestimmt schwer», antwortet Dimitri und läuft wieder davon.
Viktor bleibt in seinem Büro zurück und überlegt, wie er das anstellen könnte. Er hat in seinem recht

aufregenden Leben schon viele Frauen gehabt. Denn immer wenn sie gehört haben, wie viel Macht und Geld er hat, haben sie sich ihm geradezu vor die Füße geworfen. Natürlich hat er diese Aufmerksamkeit immer genossen und hat keine Gelegenheit verstreichen lassen, aber er ist jetzt bereit für etwas Neues.

Er verlässt sein Büro und steigt nun selbst die Treppen in das zweite Stockwerk hoch, um Lena zu besuchen.

Er klopft an ihre Tür und wartet, bis sie ein leises «ja?» von sich gibt, bevor er eintritt.

Als sie sieht, wer da vor ihr steht, richtet sie sich augenblicklich auf. Vielleicht hat er dieses Mal ja gute Neuigkeiten für sie.

«Hallo Lena», sagt er und schließt die Tür hinter sich.

«Ich möchte dich nicht wie eine Gefangene behandeln. Du bist mein Gast, weswegen ich ein Zimmer im ersten Stock für dich vorbereiten lasse. Du musst mich natürlich auch

verstehen, dass ich dich nicht so einfach gehen lassen kann und es ist auch für dich das Beste, wenn du dich meinen Regeln fügst. Ich kann dir daher nicht erlauben, dass du Kontakt zu deiner Familie oder deinen Freunden aufnimmst. Ich erlaube dir aber, dass du das Haus verlässt. Jedoch nur in Begleitung einer meiner Männer, die auf dich aufpassen. Ich werde dir jede Woche etwas Geld zur Verfügung stellen, mit dem du machen kannst, was du willst. Du wirst hier ein schönes Leben haben, das verspreche ich dir und irgendwann kannst du dann zurück zu deiner Familie gehen», erklärt er ihr ruhig und sachlich.
Lena schaut ihn ruhig an.
Soll das jetzt etwa ihre einzige Möglichkeit sein?
In einem Land zu leben, dessen Sprache sie nicht spricht, ohne hier jemanden zu kennen? Sie denkt an ihre Familie und ihre Freunde, die sich bestimmt furchtbare Sorgen um sie machen werden und wieder kommen ihr die Tränen.

Dieses Mal steht Viktor nicht auf und schickt sie davon, sondern kramt in seiner Tasche und gibt ihr ein Taschentuch. Er scheint wirklich aufrichtig zu sein und versucht es ihr so angenehm wie möglich zu machen.
«Uns ist da wirklich ein dummer Fehler passiert. Aber das ist jetzt leider die einzige Möglichkeit, die du hast», fügt er noch hinzu.
Daher bleibt Lena jetzt keine andere Wahl mehr als zuzustimmen. Zaghaft nickt sie und versucht sich mit ihrem Schicksal abzufinden. Vielleicht wird es auch gar nicht so schlimm.
«Sehr gut! Dann sage ich direkt jemandem Bescheid, der dich dann später in dein neues Zimmer führen wird!», sagt er, während er aufsteht und das Zimmer wieder verlässt.
«Die Tür ist übrigens auf. Du kannst dich hier frei im Haus bewegen. Die Ausgänge sind natürlich bewacht, für den Fall, dass du dich heimlich rausschleichen willst», ergänzt er noch.

Lena bleibt zurück in ihrem Zimmer und denkt noch einmal über ihre Situation nach.

Gestern erst hat sie ältere Ehepaare in einem Restaurant bedient, sich über das viele Trinkgeld gefreut und ist fleißig in die Uni gegangen, um irgendwann mal Lehrerin an einer Grundschule zu werden. Sie hat sich ihr Leben immer sehr einfach vorgestellt und hat sich ausgemalt, dass sie während des Studiums einen netten Freund kennen lernt, mit dem sie danach zusammen zieht und ihn vielleicht sogar mal heiratet.

Nachdem sie mit ihrem Referendariat fertig ist und die Probezeit überstanden hat, würde sie sich dann voll und ganz auf das Kinderkriegen konzentrieren und für ein paar Jahre in der Schule aussetzen. Bis ihre eigenen Kinder groß genug sind, um selbst in die Schule zu gehen.

Das ist immer ihr Plan gewesen und plötzlich schien der so weit weg zu sein.

Wie soll sie denn jetzt ihr Studium beenden, wenn sie hier in Russland gefangen ist?

Bevor sie sich wieder auf ihr Kissen stürzen, um zu heulen, wird ihre Tür geöffnet. Eine ältere Dame, wahrscheinlich um die 50 schaut herein und spricht sie auf Russisch an. Lena versteht kein Wort und guckt sie nur fragend an.

«Du Lena?», fragt die Frau sie und Lena nickt.

«Du mitkommen», sagt sie anschließend und läuft davon. Schnell steht Lena auf und folgt der kleinen, rundlichen Frau, die einen lilafarbenen Pullover sowie einen schwarzen, knielangen Rock trägt. Sie führt sie ins erste Stockwerk und läuft nun in einen anderen Gang als vorhin. Das Haus ist wirklich riesig und Lena kann sich gut vorstellen, dass das früher mal ein Hotel gewesen ist. Die Frau bleibt vor einer hölzernen und kunstvoll verzierten Tür stehen. Sie öffnet sie leicht und drückt Lena dann herein.

«Das dein», sagt sie und deutet auf das großzügige Zimmer.

Langsam tritt Lena ein und kann ihren Augen kaum trauen. Sie steht in einem wunderschönen Zimmer mit hohen Decken und einem alten Parkettboden. Auf dem Boden liegt ein flauschiger Teppich und direkt davor steht ein grüner Samtsessel. In der Mitte des Raumes steht ein großes Himmelbett mit vielen Kissen, wie man es meistens aus 5-Sterne Hotels kennt. Ein Schrank sowie eine Kommode sind vorhanden sowie ein Flatscreen-TV, der an der Wand hängt. Es gibt einen kleinen Kühlschrank, der mit Getränken gefüllt ist und durch eine Tür kommt sie in ein ebenfalls großzügiges Badezimmer mit einer Regenwalddusche, einer großen Badewanne und zwei Waschbecken. Im Regal türmen sich nicht nur Handtücher, sondern auch diverse Körperpflegeartikel.

«Wow!», sagt sie und kommt sich plötzlich vor wie im Film.

«Gut?», fragt die Frau und Lena nickt ihr strahlend zu.

«Ja, gut!», ruft sie und lässt ihre Hand über die Möbel wandern.

«Essen 19 Uhr», sagt die Frau noch und läuft dann raus.

Neugierig öffnet Lena ihren Schrank. Sie erwartet gar nicht, dass etwas darin liegt, aber das hat sie damals in den Ferienwohnungen mit ihren Eltern auch schon immer so gemacht.

Umso überraschter ist sie jetzt, dass in dem großen Kleiderschrank jede Menge Kleider hängen.

Vorsichtig betrachtet Lena eins nach dem anderen und kann ihren Augen kaum trauen, als sie dort ein Designerstück nach dem anderen findet. Sie schaut auf die Größen und ist nicht verwundert, dass es ihre ist. Wahrscheinlich will ihr Viktor den Aufenthalt tatsächlich so angenehm wie möglich machen.

Sie öffnet eine weitere Schublade in dem Schrank und findet dort einen Haufen Dessous und normale Unterwäsche wieder.

Fasziniert nimmt sie die feinen Stücke in die Hand. So etwas hat sie noch nie besessen. In ihrem Schrank gibt es ausschließlich schwarze und weiße Baumwollslips, die höchstens mal mit Streifen oder Sternen bedruckt sind. Aber die hier bestehen aus weißer, roter oder schwarzer Spitze, sind kunstvoll bestickt und mit vielen Schnüren verziert.

Lena legt sich einen roten Spitzentanga sowie den passenden BH auf das Bett und entscheidet sich für ein einfaches, schwarzes Kleid, das recht eng anliegt. Anschließend geht sie in ihr großes Badezimmer und stellt die Dusche an. Sie fühlt sich schmutzig, schließlich hat sie seit gestern Morgen die gleichen Klamotten an und sich zwischendurch nicht gewaschen.

Sobald sie das warme Wasser auf ihrer Haut spürt, entspannt sie sich ein wenig.

Vielleicht wird es ja gar nicht so schlimm, wie sie denkt und vielleicht muss sie auch gar nicht so lange bleiben, wie Viktor behauptet hat.

Sie beschließt, sich erstmal darauf einzulassen und das Beste daraus zu machen. Etwas anderes bleibt ihr eh nicht übrig.

Sie nutzt die Kosmetikprodukte im Badezimmer und schlüpft anschließend in ihre neuen Kleider. Alles passt wie angegossen und sie fühlt sich plötzlich ganz anders.

Aufmerksam betrachtet sie sich im Spiegel und sieht auf einmal eine ganz andere Frau vor sich. Vorher ist sie ein unscheinbares Mädchen gewesen und durch die Dessous und das enge, teure Kleid fühlt sie sich auf einmal wie eine Frau.

Sie öffnet einen weiteren Schrank und findet dort einen Haufen Schuhe drin. «Wow» murmelt sie, als sie die vielen Highheels und Stiefel darin findet. Aber auch ganz normale flache Sneaker sind dort vorhanden und Lena kommt sich vor, als ob sie sich in einer kleinen Boutique statt in ihrem eigenen, neuen Zimmer befindet.

Sie entscheidet sich für ein paar Pumps, das gut zum Kleid passt und

schaut dann auf ihre neue
Armbanduhr, denn Viktor hat auch
nicht mit den Accessoires gegeizt. In
einer Schublade hat sie neben Gürteln
auch Schmuck und Uhren gefunden.
Sogar Taschen liegen darin.
«Dann wollen wir mal», sagt sie zu sich
selbst und öffnet die Tür.
Sie ist tatsächlich nicht verschlossen.
Sie irrt durch den langen Gang, bis sie
irgendwann einen kleinen Raum
findet, in dem ein großer, gedeckter
Esstisch steht.
Vorsichtig läuft sie rein.
«Hallo Lena», sagt eine tiefe Stimme
und sie zuckt augenblicklich
zusammen.
Hinter ihr steht Viktor, der sie mit
einem zufriedenen Gesichtsausdruck
mustert.
«Wie ich sehe, hast du dich bereits ein
wenig in deinem neuen Zimmer
umgesehen. Das Kleid steht dir
ausgezeichnet. Ich hoffe, der Rest der
Sachen gefällt dir auch?», fragt er.
Lena bleibt sprachlos vor ihm stehen.

Er sieht wirklich unverschämt gut aus
in seinem grauen Anzug und durch
seine männliche Statur strahlt er eine
natürliche männliche Dominanz aus,
die Lena irgendwie anmacht.
«Ähm ja. Die neuen Sachen gefallen
mir alle wirklich sehr gut. Vielen
Dank», erwidert sie und bleibt
unsicher im Raum stehen.
«Setz dich doch», sagt er und deutet
auf den Stuhl. «Ich hoffe, du hast
nichts dagegen, wenn ich dir heute
Gesellschaft leiste.»
«Natürlich nicht», antwortet sie und
lässt sich nervös auf dem Stuhl ihm
gegenüber nieder.
«Sehr schön. Bist du Vegetarierin?
Veganerin? Hast du irgendwelche
Unverträglichkeiten?», will er von ihr
wissen, aber Lena schüttelt nur den
Kopf.
«Sehr gut. Dann wird es dir hoffentlich
schmecken.»
Kaum als er das ausgesprochen hat,
kommen zwei Männer in den Raum
und servieren den Beiden ihr
Abendessen. Es gibt eine Vorspeise, die

aus einem kunstvoll angerichteten
Salat besteht. Anschließend ein Steak,
das so zart ist, wie Lena es noch nie
zuvor erlebt hat und zum Schluss ein
Dessert mit viel Schokolade.
Während des Essens zeigt sich Viktor
interessiert und fragt Lena über ihr
bisheriges Leben aus. Er schenkt ihr
immer wieder Wein nach, was dafür
sorgt, dass sie immer lockerer wird und
ihm all seine Fragen ausführlich
beantwortet.
«Wollen wir unser Gespräch nicht in
ein gemütlicheres Zimmer verlagern?»,
fragt er sie, als das Essen abgeräumt
wird.
Lena nickt nur und lässt sich von ihm
aufhelfen. Ihre Arme und Beine fühlen
sich durch den Wein schon ganz
schwer an und sie ist froh, dass sie sich
bei ihm abstützen kann. Dabei
bemerkt sie erst, wie gut er duftet und
wie stark sein Körper sich anfühlt,
wenn sie sich daran festhält.
Er führt sie in das Nebenzimmer, das
viel kleiner als das Esszimmer ist und
in dem nur ein großes Bücherregal

sowie ein Sofa und ein Kamin stehen, in dem ein kleines Feuer brennt.
«Möchtest du noch ein Glas Wein?», fragt er Lena, aber sie schüttelt nur mit dem Kopf und lässt sich auf das Sofa fallen.

Viktor setzt sich direkt neben sie und beginnt ihr die Schuhe von den Füßen zu ziehen, damit sie ihre Beine auf die Sitzfläche ablegen kann. Er kommt ihr dabei immer näher und fängt an erst über ihre Waden zu streicheln, bis er Stück für Stück immer höher wandert. Lena genießt seine Streicheleinheiten sehr. Es fühlt sich angenehm an, wie er mit seinen großen Händen über ihre nackte Haut fährt und sie verspürt einen wohligen Schauer.
«Mhh…» stöhnt sie leise und hält Viktor nicht davon ab, sie immer weiter zu streicheln bis er seine Hand irgendwann zwischen ihren Beinen hat.

Zufrieden grinst er, als er die feine Spitze an seinen Fingern spürt und fährt vorsichtig darüber, was Lena nur noch mehr zum Stöhnen bringt.

Er kommt mit seinem Gesicht ihrem immer näher, betrachtet zunächst nur, wie sie ihre Augen vor Genuss schließt bis er seine Lippen auf ihre legt und beginnt sie zu küssen.
Lena lässt sich auf den Kuss ein, legt ihre Arme um seine Schultern und lässt sich von ihm auf seinen Schoß ziehen. Er umschließt ihren Oberkörper mit seinen starken Armen und zieht sie noch näher an sich. Durch den Alkohol ist sie so ungehemmt, dass sie sich sehnsüchtig an seinem Schwanz reibt, der unter ihr immer härter wird.
Viktor zieht an dem schwarzen Stoff ihres Kleides und streift ihn langsam über ihren Körper. Er berührt ihre weiche Haut überall und fährt immer wieder vorsichtig über den roten Spitzenstoff bis er Lena wieder von sich runter drückt, um sich selbst seine Hose zu öffnen und langsam runter zu ziehen. Erregt schaut Lena ihm dabei zu und sieht seinen großen, harten Schwanz vor ihm.

Sie hat bisher noch nicht so viele Erfahrungen mit Männern sammeln können, weiß aber, was sie zu tun hat. Sie kniet sich vor ihm nieder, nimmt seinen Prügel in die Hand und fährt damit langsam rauf und runter.

«Nimm ihn in den Mund», sagt er bestimmend zu ihr, weswegen sie sich mit ihrem Gesicht zu ihm nach unten beugt und mit ihrer Zunge über seine Schwanzspitze fährt.

Das hat sie vorher noch nie gemacht und ist sich etwas unsicher. Viktor nimmt daher ihr Gesicht in die Hand und dirigiert sie. Er schiebt ihren Mund langsam auf seinen Schwanz, so dass er immer tiefer in ihr verschwindet. Danach zieht er ihren Kopf wieder hoch und drückt ihn wieder runter.

«Mund schön auflassen», sagt er, während er sie weiterhin hoch und runter drückt und das Tempo selbst bestimmt.

Lena hält sich mit ihren Händen am Sofa fest und lässt ihn einfach machen. Er lockert seinen Griff, woraufhin sie

eigenständig weiter macht und seinen
Schwanz tief in ihrem Mund
aufnimmt und anschließend wieder
rauslässt. Dann fährt sie mit ihrer
Zunge über seinen Schaft bis hoch zu
seiner Spitze und nimmt ihn wieder
tief auf.
«Mhh … das machst du gut», lobt er
sie und legt seinen Kopf nach hinten,
um das Ganze noch besser genießen zu
können.
Irgendwann stoppt er sie aber.
«Nun steh wieder auf und leg dich mit
deinem Oberkörper über die
Sofalehne, so dass mir dein Arsch
entgegen gestreckt wird», sagt er und
hilft ihr hoch.
Er befreit sich von seiner Kleidung und
beobachtet erregt, wie Lenas zierlicher
Körper sich auf dem Sofa vor ihm
präsentiert und ihr knackiger Po in
dem roten Spitzentanga vor ihm liegt.
Vorsichtig streichelt er über ihren
Körper und zieht ihr dann den feinen
Stoff von der Hüfte. Mit den Fingern
kontrolliert er, ob sie bereits feucht ist
und als er spürt, dass sie schon nass ist,

packt er sie an der Hüfte und zieht sie näher zu sich. Er legt seinen Schwanz an ihre Muschi und drückt ihn langsam in sie rein, woraufhin sie laut aufstöhnt. Sie hatte zwar schon Sex, aber der Prügel ihres damaligen Freundes war nicht annähernd so groß wie der von Viktor.

Als er komplett in ihr steckt, verharrt er für einen Augenblick, um die Enge zu genießen. Lena ist wirklich sehr schmal gebaut, was er nun deutlich zu spüren bekommt. Langsam bewegt er sich wieder raus und drückt ihn dann wieder vorsichtig rein, bis er das Tempo erhöht und immer schneller und härter zustößt. Lena stöhnt und keucht.

Sie will ihm unbedingt gefallen, auch wenn sie Probleme mit seiner Größe hat und es unangenehm für sie ist, andererseits gefällt es ihr auch, dass er sie so hart fickt.

Viktor beschleunigt noch einmal, hält sie nun fester und stößt ihr seinen Schwanz tief in ihre nasse Muschi bis er sich nicht mehr länger zurückhalten

kann und kommt. Seinen Saft schießt
er dabei tief in sie und atmet
anschließend tief durch. So intensiv ist
er schon lange nicht mehr gekommen.
Langsam löst er sich wieder von ihr
und sammelt seine Sachen zusammen.
«Das war großartig. Aber ich habe
noch ein paar wichtige Anrufe, die ich
jetzt unbedingt erledigen muss. Wir
sehen uns dann morgen wieder», sagt
er und verlässt dann den Raum.
Sprachlos bleibt Lena zurück und zieht
sich ihre Sachen wieder an. Sie setzt
sich noch einmal auf das Sofa und
beobachtet die Flammen im Kamin.
Eigentlich würde sie sich jetzt benutzt
vorkommen, gleichzeitig hat sie es aber
auch irgendwie angemacht, dass er sie
einfach nur zu seinem Vergnügen
gefickt hat ohne dabei auf sie zu
achten. Es hat ihr viel besser gefallen,
als der Sex mit ihrem damaligen
Freund, der super vorsichtig gewesen
ist und ihr alles Recht machen wollte.
Sie zieht sich noch einmal den Slip aus,
setzt sich auf das Sofa und beginnt mit
ihren Fingern durch ihre nasse Muschi

zu fahren. Das Gefühl, das klebrige Sperma von Viktor an sich zu spüren, macht sie noch etwas geiler und sie beginnt sich selbst zu streicheln. Immer wieder fährt sie durch ihre nasse Spalte und reibt sich dabei ihren Kitzler, bis sie schneller wird und ihn dadurch noch mehr reizt. Sie spürt, wie der Orgasmus sich nähert und macht immer weiter bis sie das warme Gefühl erfasst und sie zufrieden aufstöhnt, als sie endlich kommt.
Sie bleibt noch ein wenig auf dem Sofa liegen, beobachtet weiterhin die Flammen, bevor sie sich dann wieder zurück auf den Weg in ihr neues Zimmer begibt.
Vielleicht werden die nächsten Wochen, Monate oder Jahre hier doch nicht so schlimm.
Auf dem Weg zu ihrem Zimmer begegnet sie Vitali, der gerade auf dem Weg zu Viktor ist und sie nun interessiert mustert.
Er sieht die Pumps an ihren nackten Füßen, ihre nackten, schlanken Beine und ihren wohl proportionierten

Körper in dem engen Kleid und fragt sich, ob das wirklich das unscheinbare Mädchen ist, was er noch vor einem Tag in einem biederen Restaurant gesehen hat.

Schüchtern wirft sie ihm einen Blick zu, den er mit einem Nicken erwidert und dann weiter läuft.

Er öffnet die Tür zu Viktors Büro, der sich gerade ein Glas Wodka einschenkt.

«Hallo Vitali!», begrüßt er ihn freundlich und stellt direkt noch ein zweites Glas bereit.

«Hallo Boss!», sagt er und nimmt das Glas höflich entgegen. Sie stoßen an und kippen beide die klare Flüssigkeit in einem Schluck runter.

«Was hast du mit dem deutschen Mädchen vor?», fragt er neugierig und lässt sich auf dem Sofa nieder, während Vitali beschäftigt durch sein großzügiges Büro läuft.

«Ach irgendwie habe ich Gefallen an ihr gefunden und ich denke, ich werde sie erstmal zu meinem eigenen Vergnügen behalten. Ich habe ihr das

beste Zimmer gegeben, ihr einen Haufen der unbenutzten Kleider meiner Exfrau ins Zimmer bringen lassen und habe heute mit ihr zu Abend gegessen. Danach habe ich sie verführt und sie hat alles mit sich machen lassen. Mit etwas Zeit wird sie eine sehr gute Sexsklavin abgeben und dann war euer Fehltritt doch nicht so katastrophal», sagt er zufrieden.
Bei Vitali dagegen schleicht sich ein schlechtes Gewissen ein, schließlich haben er und sein Bruder dafür gesorgt, dass ein unschuldiges Mädchen aus ihrem Umfeld gerissen und in ein fremdes Land gebracht wurde.
Nun soll sie auch noch als Sexsklavin dienen?
Seine Bedenken kann er seinem Boss gegenüber natürlich nicht zeigen.
Schließlich ist es ja seine Schuld, dass sie nun hier ist.
Stattdessen gratuliert er ihm nur zu diesem guten Plan.
«Ich habe sie eben gesehen, wie sie in ihr Zimmer gelaufen ist. Die Kleider

hast du wirklich gut für sie ausgesucht», sagt er und Viktor dreht sich zu ihm um.

«Ja, habe ich mir auch gedacht. Ich werde sie sicherlich auch dazu bekommen, dass meine Geschäftspartner sich ebenfalls mit ihr vergnügen dürfen. So ein junges, unschuldiges Ding kommt auch viel besser an als die aufgetakelten Prostituierten, die ich dafür sonst immer einlade», führt er weiter aus, was Vitali noch mehr schockiert. Aber er lässt sich nichts anmerken. Während Vitali Viktor darüber aufklärt, dass sie zu der richtigen Katja keine Spur gefunden haben, sitzt Lena wieder in ihrem Zimmer. Sie hat den Fernseher eingeschaltet und ist froh, dass sie über einen Streamingdienst verfügt, der ihr nicht nur russische Sendungen zeigt. Sie entscheidet sich für ihre Lieblingsserie und lässt eine Folge davon laufen, während sie sich auszieht und unter die Dusche springt. Mit einem Handtuch bekleidet, läuft sie zu ihrem Kleiderschrank und wählt

ein schwarzes Negligé aus weicher
Seide aus, dass sie sich über den Körper
streift. Sie schafft es nicht mal, die
Folge ganz zu gucken, bevor sie in
einen tiefen Schlaf fällt.

Als sie am Morgen mit großem
Hunger wieder aufwacht, wirft sie sich
ihren flauschigen Bademantel über,
schlüpft in ihre Pantoffeln und will
sich gerade auf die Suche nach dem
Speisesaal begeben, bis sie feststellt,
dass vor ihrer Tür eine voll beladener
Servierwagen steht.

Neugierig öffnet sie die silberne Haube
und sieht eine Portion gebratener Eier
und Speck darauf. Außerdem reichlich
Käse und Wurst sowie Brötchen,
frischer Orangensaft und Kaffee.
Hungrig schiebt sie den Wagen in ihr
Zimmer und macht sich über das
Essen her.

Als sie fertig ist, sich angezogen und
ihre Haare gekämmt hat, überlegt sie,
was sie als Nächstes machen kann.

Normalerweise würde sie jetzt in die
Uni oder zur Arbeit gehen oder sich

mit ihren Freundinnen treffen, aber das alles ist hier nicht möglich.

Sie beschließt also, sich in dem großen Haus umzusehen und hofft heimlich darauf, dass sie dabei auf Viktor trifft. Und als ob er ihre Gedanken lesen kann, steht er plötzlich im Flur, als sie ihr Zimmer verlässt.

«Hallo Lena! Hat dir das Frühstück geschmeckt?», will er von ihr wissen und strahlt sie dabei an.

«Ja, danke. Das war wunderbar», antwortet sie.

Sein Anblick schüchtert sie immer noch ein wenig ein und sie wünscht sich, dass er sie an die Hand nimmt, in ein anderes Zimmer führt und über sie herfällt. Aber das passiert nicht. Stattdessen schlägt er ihr vor, in die Stadt zu fahren, um sich ein wenig umzuschauen oder passende Kleidung zu kaufen.

«Vielleicht möchtest du ja auch ein paar Jeans und normale T-Shirts kaufen. Die Sachen in deinem Schrank sind ja schon ein wenig …

extravagant», sagt er nicht ohne Hintergedanken.

Ihm gefällt es nämlich, wenn sie sich wie das normale Mädchen von nebenan kleidet und auch seine Geschäftspartner würden dann eher glauben, dass sie keine Professionelle ist. Da ihr nichts einfällt, was dagegen spricht, stimmt sie zu.

«Wunderbar! Ich sag Vitali Bescheid. Er wird dich begleiten», sagt er und geht davon.

Verloren bleibt Lena in dem Flur stehen und weiß nicht, wo sie jetzt hingehen soll. Daher beschließt sie, noch ein wenig durch das Haus zu laufen und sieht sich im Erdgeschoss die vielen Gemälde an den Wänden an, bis sie von einem Räuspern unterbrochen wird.

Sie dreht sich um und hinter ihr steht Vitali, der sie erwartungsvoll anguckt.

«Können wir?», fragt er und reicht ihr eine Jacke.

«Es ist kalt draußen», erklärt er, als er ihren fragenden Blick sieht.

Sie zieht die dicke Daunenjacke an und folgt dem großen Mann dann nach draußen zu einem schwarzen Auto. Er öffnet die Tür, lässt sie einsteigen und setzt sich dann auf die andere Seite der Hinterbank. Dann sagt er irgendwas auf Russisch zu dem Fahrer, der daraufhin losfährt.
Sie fahren in die nächste Großstadt und steigen an einer belebten Einkaufsstraße aus dem Auto wieder aus. Lena kann ihren Augen kaum trauen, als sie die hohen Häuser und vielen Menschen auf den breiten Straßen sieht.
Im Urlaub ist sie mit ihren Eltern bisher nur an der Nordsee gewesen. Sie mögen keine Großstädte, weswegen Lena, bis auf ein paar Ausflüge mit der Schule, nie in einer gewesen ist.
«Wo möchtest du als Erstes hin?», fragt Vitali sie und Lena schaut sich verwirrt um.
Sie sieht einen Laden, den sie auch aus Deutschland kennt und zeigt darauf. Vitali wartet bis Lena losläuft und folgt ihr dann. Er hat sie immer im Blick

und bleibt stets in ihrer Nähe als sie in
den Laden kommen und sie sofort die
Jeansabteilung ansteuert. Selbst wenn
sie es will, hat sie keine Chance ihm zu
entkommen und einfach wegzulaufen.
Also sucht sie konzentriert eine Hose
nach der anderen heraus und findet
auch ein paar T-Shirts und Pullover,
die ihr gefallen.
«Wie viel kann ich mir denn
aussuchen?», fragt sie ihn, aber der
zuckt nur mit den Schultern.
«Ich denke, so viel wie du willst»,
antwortet er.
«Dann will ich noch in einen anderen
Laden», sagt sie entschlossen und läuft
an die Kasse, wo Vitali die Kreditkarte
von Viktor zückt und alles bezahlt.
Nach drei Stunden haben sie einige
Läden abgeklappert und den ganzen
Kofferraum mit Tüten vollgeladen.
«Ich denke, ich bin fertig», sagt Lena
unsicher. So viel hat sie in ihrem
ganzen Leben noch nicht gekauft, weil
sie sich nie wirklich für Mode
interessiert und ihr Geld lieber für

anderes ausgegeben hat, aber irgendwie hat sie Spaß daran.

Sie kehren zurück und der Fahrer sowie Vitali bringen ihre neuen Sachen in ihr Zimmer. Wieder hält Lena Ausschau nach Viktor und hofft, dass sie ihm heute noch begegnet. Aber dann hört sie mehrere Stimmen aus seinem Büro und gibt die Hoffnung darauf auf, weil er beschäftigt klingt.

Sie sieht dabei zu, wie eine der Haushälterinnen ihre neuen Klamotten von den Etiketten befreit und sorgfältig in ihren Schrank einsortiert bis es an der Tür klopft und Viktor zum Vorschein kommt.

«Hallo Lena, ich hoffe, der kleine Stadtbummel hat dir Spaß gemacht. Wenn du möchtest, kannst du gerne was von deinen neuen Sachen anziehen und mir Gesellschaft leisten. Ich habe ein paar Gäste da, die große Deutschlandfans sind. Du kannst ihnen sicherlich einiges erzählen», sagt er und Lena nickt begeistert.

Sie sucht sich ihre Lieblingsjeans raus, trägt dazu ein enges Top und schlüpft anschließend in die neuen, flachen Ankleboots, in die sie sich auf Anhieb verliebt hat.

Sie läuft über den Flur und klopft an, bis sie Viktors Stimme hört, die «herein» ruft.

Sie tritt ein und sofort richten sich fünf Augenpaare auf sie und mustern sie neugierig.

Auch Viktor betrachtet sie und scheint zufrieden zu sein.

«Das steht dir wirklich viel besser als das Kleid von gestern. Also das sah auch gut aus, aber das passt besser zu dir», sagt er und führt sie dann in den Raum, um ihr die anderen Männern vorzustellen. Sie sind alle in Viktors Alter, tragen Anzüge und wirken mindestens genau so vermögend wie er.

Ihr wird ein Glas in die Hand gedrückt, die Tür schließt sich und sie wird dazu aufgefordert, sich doch ebenfalls zu den Männern auf das Sofa zu setzen …